[...]ZE POËMES

extraits des

FILLES DE LA TERRE

(Deux volumes, deux prix de l'Académie française).

RÉCITÉS DANS LES MAISONS D'ÉDUCATION DE TOUTE LA FRANCE

PAR

LE TROUVÈRE DU XIXe SIÈCLE JACQUES BORNET

ET PAR SES QUATRE FILLES.

PRIX : 50 CENTIMES.

PARIS,
A LA LIBRAIRIE CENTRALE, BOULEVARD DES ITALIENS.
1866.

SEIZE POËMES

EXTRAITS DES

FILLES DE LA TERRE

(Deux volumes, deux prix de l'Académie française)

RÉCITÉS DANS LES MAISONS D'ÉDUCATION

DE TOUTE LA FRANCE

PAR

LE TROUVÈRE DU XIXe SIÈCLE

JACQUES BORNET

ET PAR SES QUATRE FILLES

PRIX : 50 CENTIMES.

PARIS

A LA LIBRAIRIE CENTRALE, BOULEVARD DES ITALIENS.

1866

STRASBOURG, TYPOGRAPHIE DE G. SILBERMANN.

LA MISSION DU POÈTE.

Qu'est-ce que la poésie? La poésie, c'est la prière, c'est la bienfaisance, c'est l'amour, c'est la justice, c'est la clémence. La poésie, c'est la fille de Dieu, c'est la sœur du Christ.

En vain, dans tous les temps, chez tous les peuples, ses faux disciples et ses détracteurs ont cherché à la flétrir, à la bannir. Toujours jeune, belle, puissante, l'immortelle poésie est restée pure. Depuis la création, elle plane sur le monde, qu'elle illumine de ses rayons, qu'elle remplit de son souffle divin!

Et tant qu'il y aura des mères condamnées à pleurer sur le fruit de leurs entrailles...

Tant qu'il y aura des opprimés et des captifs...

Tant qu'il y aura des larmes à tarir et des cœurs à consoler...

Tant qu'il y aura des noms à glorifier et des mémoires à flétrir, la poésie restera sur la terre.

C'est elle qui a instruit les premiers hommes, qui leur a enseigné la sagesse, les arts et les sciences. Enfin, c'est à elle que l'on doit tout ce qu'il y a de beau, de grand, de saint sur la terre.

Lorsqu'un empire se fonde, lorsqu'un peuple gémit dans les fers, lorsqu'une nation, par la corruption de ses mœurs, est entraînée à sa perte, la poésie apparaît. Elle descend dans la foule, elle y cherche quelques hommes au vaste front, au cœur de feu... elle allume dans leur âme l'amour de la paix et de la vertu, la haine de la discorde et des vices, puis elle leur montre l'horizon et leur dit : « Debout!... l'heure est venue... voilà votre chemin... marchez et combattez... »

Alors les prédestinés se lèvent, et, pleins d'une invincible ardeur, ils commencent à chanter l'œuvre de création et de concorde, d'affranchissement ou de régénération. Ici, à leur voix, les cités s'élèvent, les lois s'établissent, les arts se fondent; plus loin, les cachots s'ouvrent, les fers se brisent;

ailleurs, les vices disparaissent et font place aux vertus.

La mission du poëte est donc grande, sainte, divine...

Mais pour qu'il en soit digne, combien il faut que sa vie soit pure! Avec quel soin il doit fuir tout ce qui peut souiller son âme, corrompre son cœur, dégrader son intelligence! Avec quel empressement, au contraire, il doit rechercher tout ce qui peut les orner, les enrichir, les élever! Ensuite, de combien de courage, d'abnégation, de résignation il doit se sentir capable! Pour lui que d'épreuves à subir, que d'obstacles à surmonter, que de luttes à soutenir! Lutte avec ses passions, lutte avec le travail, la pensée, le doute; lutte avec la souffrance, la misère, la faim; luttes opiniâtres, cruelles, de tous les jours, de tous les instants. Puis quand il a vaincu, quand son génie a grandi, qu'il commence à déployer ses aîles, alors commence une lutte nouvelle... lutte terrible, sans fin!... lutte avec les préjugés, l'envie, l'égoïsme... lutte avec le monde... avec le monde qui crucifia le fils de Marie, qui exila Homère, le Dante, Camoëns; qui laissa expirer Chatterton et Malfilâtre dans des greniers, Gilbert et Moreau sur des grabats d'hospice.

Voilà le monde avec lequel le poëte a à combattre, et s'il succombe, malheur à lui; car ses ennemis implacables se jettent sur leurs victimes abattue, et, s'ils ne peuvent tuer son nom, ils flétrissent sa mémoire. S'il triomphe, au contraire, ses persécuteurs consternés rentrent dans leur néant et laissent passer le poëte. Alors il devient puissant, il domine la foule, il éclaire, il guide son siècle: ses préceptes sont des lois, ses chants parcourent l'univers: tous les regards se portent vers lui, les honneurs lui sont offerts, la fortune lui prodigue ses dons, l'amour le comble de ses faveurs, les grands le recherchent et le craignent, les petits l'implorent et l'aiment. Il est au faîte de la puissance, il est à l'apogée de la gloire et du bonheur! Mais plus il s'est élevé, plus il doit craindre de tomber... S'il s'écarte de son chemin, s'il oublie sa mission; si, ne sachant limiter ses vœux, il se met aux gages des grands et se fait leur adulateur, il est à jamais perdu. Bientôt son imagination s'épuise, sa verve s'éteint, son génie meurt. Les muses l'abandonnent; elles laissent l'ingrat faillir à son mandat et courir à sa perte. La foule se retire de lui; à l'estime publique, à l'admiration générale succèdent le mépris et l'oubli. Sa puissance tombe, sa renommée s'évanouit, et son nom, pour périr, n'attend plus que le jour où la terre doit recevoir la dépouille délaissée du poëte apostat.

Pour échapper à cet écueil dangereux, fatal, il faut que le poëte n'oublie jamais la sainte cause de l'humanité! il faut que, sentinelle avancée, toujours debout sur les décombres du temps, il veille aux destinées du monde; il faut que, la nuit, au milieu du silence, il déroule sous ses yeux le tableau des siècles passés et cherche à pénétrer les ténèbres de l'avenir. Il faut que, le jour, dans l'isolement, la solitude, il invoque ces grands génies qui ont illustré leur patrie; qu'il s'inspire de leurs vertus, et qu'à leur exemple il ait des chants pour toutes les douleurs. Enfin, lorsque, après avoir retrempé son âme dans l'océan des misères humaines, il est convié par hasard à l'éternel festin des élus de la terre, il faut qu'il n'ait, sous les lambris dorés de leurs palais, que ces mâles actions qui font descendre la sagesse et la grandeur dans les âmes, la pitié et la bienfaisance dans les cœurs.

Quand sa tâche est accomplie, quand il voit approcher le terme de sa carrière, avec quelle confiance ne s'apprête-t-il pas alors à remonter vers les cieux, laissant un nom à sa patrie, un exemple à l'humanité !

JACQUES BORNET.

UN DRAME DANS UNE FORÊT.

Dans une forêt sombre, assis au pied d'un chêne,
Sur ses genoux courbés s'inclinant à demi ;
La tête et les pieds nus, le corps couvert à peine,
Un fusil sous la main, un homme est endormi.
Son front bas, son œil creux, son col fort, son visage
Que cachent à moitié sa barbe et ses cheveux :
Sa poitrine velue et ses membres nerveux,
Lui donnent un aspect primitif et sauvage...
C'est Jean le Braconnier. Déjà, depuis longtemps,
Les oiseaux ont chanté le lever de l'aurore ;
Tout se livre au travail... et lui sommeille encore,
Tranquille, insoucieux des travaux du printemps.
C'est que rien ne le lie à la famille humaine...
Sans parents, sans amis, sans amour, sans savoir,
Il vit dans la forêt où son instinct le mène :
N'ayant point de bonheur, il n'a point de devoir.
Un creux d'arbre ou de roc, la mousse ou le feuillage,
Voilà pour son sommeil... ; pour apaiser sa faim,
Des racines, des fruits..., sa soif, l'eau du ravin...
Parfois, il fait pourtant un peu de braconnage.
Ne pouvant l'arrêter, le Garde vint un soir
Lui brûler sa cabane... En y voyant la flamme,
Le Braconnier sentit se déchirer son âme...
Près de sa cendre, il vint, brisé, pleurant, s'asseoir.

Il avait, tout enfant, là, vu mourir sa mère...
Et là, quinze ans plus tard, un matin, sous ses yeux,
Un arbre, dans sa chute, avait tué son père...
Bientôt, il s'éloigna pour jamais de ces lieux...
Depuis, il vécut seul... Mais, là-bas, en silence,
Qui vient à pas de loup ?... c'est le Garde du bois...
Il glisse d'arbre en arbre... et tout à coup s'élance...
Le saisit et lui dit : « Je te tiens, cette fois .. »
Le Braconnier, aux sons de cette voix humaine,
Ouvre les yeux... regarde... et, le reconnaissant,
Il se lève... l'écarte... et veut s'enfuir... il sent
Renaître sa douleur... il a peur de sa haine...
Mais le Garde l'arrête, en invoquant la Loi...
Jean lui saisit les mains, s'en dégage et s'échappe...
Le Garde s'arme, court, l'atteint, et dit : « Suis-moi. »
Jean le repousse encor... mais le Garde le frappe...
Alors le Braconnier, voyant couler son sang,
Est saisi de vertige... il frissonne... il chancelle...
Son œil hagard bientôt se ranime, étincelle...
Jean sur le Garde, alors, bondit en rugissant...
Ils s'étreignent... leur chair, partout se lève, s'ouvre
Sous les coups meurtriers ou portés ou reçus...
L'un tombe ; de son corps l'autre aussitôt le couvre ;
Le premier le retourne... et reprend le dessus...
Ils se frappent sans fin... se déchirent, se mordent...
Leurs deux corps enlacés, ainsi qu'un bloc d'airain,
Fumants et pantelants, roulent, craquent, se tordent,
Brisant les arbrisseaux et creusant le terrain...

Au pied d'un chêne mort, enveloppé de lierre,
Horribles, fous, muets, bientôt les combattants
Vont tomber, en roulant, dans une fourmilière...
Ils se lâchent, alors, pendant quelques instants...
Mais le Garde revient... Jean le prend, le terrasse,
L'étreint, et lui garrotte et les pieds et les mains.
En vain le Garde fait des efforts surhumains,
Brisé, vaincu, bientôt il lui demande grâce...
Il prie, il prie encore, mais Jean ne l'entend pas.
Il l'attache au tronc d'arbre, et dans la fourmilière,
Debout !... puis sans jeter un regard en arrière,
Se bouchant chaque oreille, il s'enfuit à grands pas.

Quand il sent sur son corps cette lave vivante,
Monter en l'inondant de son âcre liqueur,
Le Garde croit sentir la mort glacer son cœur...
Il remplit la forêt de ses cris d'épouvante...
Il se penche, se tord pour briser ses liens...
Mais plus le malheureux fait d'efforts et s'agite,
Plus promptes les fourmis surgissent de leur gîte,
Pour frapper qui les trouble et défendre leurs biens.
Après avoir gravi jusques à sa poitrine,
Elles gagnent son cou, pénètrent dans ses yeux...
Ses oreilles, sa bouche... et dans chaque narine,
Et lui font endurer mille tourments affreux.
Le soleil vient encore accroître sa torture...
Les entrailles en feu, le corps gonflé, sanglant,
Bientôt le malheureux s'affaisse en s'étranglant...
L'invincible souffrance a vaincu la nature.

Depuis quelques instants Jean cesse de courir.
Et, plus calme, il commence à sentir les morsures
Des fourmis, irritant ses nombreuses blessures...
Il pense alors combien le Garde doit souffrir...
Il ralentit son pas... puis tout à coup s'arrête...
La douleur, dans son cœur, fait naître le remord...
Il revient... court... s'approche... et relève la tête
Du Garde, le détache et crie : « Il n'est pas mort ! »
Son cœur bat, mais son corps est brûlé par la fièvre.
Que faire ? Il voit sa gourde : elle contient du vin.
Il en mouille son front, ses tempes et sa lèvre...
Puis le prend dans ses bras, court au fond d'un ravin.
Là serpente une source ; auprès d'elle il le couche,
Lui fait un oreiller de la mousse du bois...
Puis étanche son sang... et verse dans sa bouche
L'eau qu'il prend dans sa main ; recommence vingt fois.
Jamais fils n'eut des soins plus touchants pour un père.
Le Garde, vers le soir, moins pâle, moins souffrant,
Rouvre les yeux, le voit, lui prend la main, la serre.
Bientôt les ennemis s'embrassent en pleurant.
Victimes tous les deux de leurs destins contraires :
L'un cruel par devoir, l'autre par l'abandon,
Ils ont, dans un regard, échangé leur pardon...
L'amour, par la douleur, vient de les rendre frères !

LE NID D'OISEAU.

SOUVENIR D'ENFANCE.

Sur le penchant d'une colline,
Au bord silencieux d'un bois,
On apercevait autrefois
Une humble et paisible chaumine
Qui semblait, aux jours de printemps,
Se cacher sous d'épais feuillages,
Pour se garantir des orages
Et se soustraire aux coups du temps.

C'était là que, bien jeune encore,
Un petit pâtre, chaque jour,
Joyeux, paraissait au retour
Des premiers rayons de l'aurore.
Lorsqu'il avait, en l'embrassant,
Reçu les adieux de sa mère,
Il s'éloignait dans la clairière,
Avec son troupeau bondissant.

Partant un matin, son visage
Rayonnait d'un bonheur nouveau ;
C'est qu'il allait, d'un nid d'oiseau,
Dépouiller le naissant feuillage,

Huit nuits, la mère au doux séjour
Avait abrité la couvée;
L'heure enfin était arrivée
De la ravir à son amour.

Vers le taillis dépositaire
Du nid, il arrive, et soudain
S'approche, écartant de la main
Branches, feuillage, avec mystère.
Ignorant le sort qui l'attend,
A ses enfants la pauvre mère
Apporte, radieuse et fière,
La pâture en ce même instant.

Vigilante d'abord, sautant de branche en branche,
Elle s'arrête, écoute, et regarde, et se penche,
Descend, et, confiante, entre dans le taillis,
Annonce son retour... Mais pourquoi ses petits
Ne tressaillent-ils point au doux bruit de son aile?
Pourquoi restent-ils sourds à sa voix maternelle?
Seraient-ils menacés d'un danger imprévu?...
La mère pousse un cri! Grand Dieu! qu'a-t-elle vu?

Au haut de la charmille
Un serpent veut gravir...
Il vient pour lui ravir
Sa tremblante famille...

Ce tableau plein d'horreur,
En surprise, en terreur,
Change alors de la mère
Le bonheur éphémère...

Craignant tout pour les jours
De ses fils, ses amours,
Son aile se déploie,
Elle lâche sa proie,
Et vole à leur secours...
Elle vient au reptile
Et l'attaque en tous sens;
Mais il reste immobile
A ses coups impuissants.
Vainement sur sa tête
Elle plane, s'abat,
Frappe un coup, le répète,
Livre un nouveau combat,
Vole sur son passage,
Saute, fait maints détours
Et s'expose à sa rage,
Sans craindre pour ses jours;
Le serpent s'en dégage,
Et s'avance toujours...
Le voyant près d'atteindre
Ses petits frémissants,
Elle a senti s'éteindre
Ses forces et ses sens...

Cependant verra-t-elle,
Et sans les secourir,
Sous cette dent cruelle
Tous ses enfants mourir ?...
Cette horrible pensée,
Dont son âme est brisée,
Ranime son ardeur.
La mère, dans son cœur,
Prend des forces nouvelles,
Vole sur ses petits,
Les couvre de ses ailes,
Et redouble ses cris...
Mais tout est inutile,
Ses cris et ses efforts :
Aussitôt le reptile
Fait du bas de son corps,
Des nœuds dont il enlace
La branche fléchissant ;
Puis, sans changer de place,
Il se dresse puissant,
S'allonge..., enfle se gorge..., et sa gueule béante
A la mère mourante
Vient ouvrir le néant.
Déjà l'infortunée
A senti dans son sein
L'haleine empoisonnée
Du hideux assassin....
Sa plainte déchirante

Cesse de retentir...
Sa paupière tremblante
Vient de s'appesantir...
Déjà... mais de colère
Le pâtre, bondissant,
Frappe, atteint, lance à terre
Le reptile expirant...

Quand un moment après, frémissante et muette,
Elle rouvrit les yeux et releva la tête,
La mère, hélas ! trembla pour un danger nouveau
Et crut, dans son sauveur, voir un second bourreau.
La force en elle alors revint avec la crainte...
Elle reprit son vol en reprenant sa plainte...
Mais dans le même instant l'enfant, la comprenant,
Lui dit : Rassure-toi... je pressens maintenant,
Par tes cris, la douleur qu'éprouverait ma mère
Si je ne rentrais pas ce soir à la chaumière...
Le jeune pâtre alors s'éloigna de ces lieux...
Elle pleurait toujours... mais quand enfin ses yeux
Dans l'epaisseur du bois ne purent plus l'atteindre,
Elle revint au nid... puis cessa de se plaindre.

20 août 1846.

LES DEUX POLES.

Ouragan sur la mer... ouragan sur la terre...
Vainement le canon d'alarme a retenti :
Par la foudre et les vents tout semble anéanti...
Partout s'ouvre l'abîme, ou rugit le cratère.

Les torrents charriant des débris entassés
D'arbres et de maisons, les apportent en proie
A la mer en fureur, qui les prend et les broie
Et les mêle aux débris des vaisseaux fracassés...

Tout à coup sur le roc, aigu comme le glaive,
Un homme nu, meurtri, par la vague est jeté.
Il s'y dresse... elle fuit... revient... Précipité
Vingt fois, il reparaît... retombe... se relève...

Après une heure, un siècle, en lambeaux, haletant,
Il gravit la falaise, et, chancelant, s'arrête;
Puis, contre l'ouragan, cherchant une retraite,
Regarde, écoute et semble hésiter un instant...

Dans le creux d'un rocher il pénètre, il se glisse...
Son pied heurte, en entrant, quelque chose d'humain.
«Un homme! Il dort! frappons! que mon sort s'accom-
plisse.
Dit-il, en se courbant, un caillou dans la main.

D'une voix faible, alors, l'homme lui dit : « Arrête.
« Pourquoi verser le sang? — Pourquoi? parce qu'il faut
« A l'homme dont les lois ont mis à prix la tête,
« Des vêtements pour fuir la mort sur l'échafaud.

« Les bagnes m'avaient pris... Profitant de l'orage,
« J'ai, de mes fers brisés, assommé mon gardien ;
« Puis, j'ai, la nuit, gagné ces rochers à la nage...
« Je suis sans vêtement. — Tiens, fuis : voilà le mien.

« Prends-le; ne frappe pas, au saint nom de ta mère,
« Celui pour qui tout rêve ici-bas va finir,
« — Qui donc es-tu? Je suis un pauvre fils d'Homère
« Qui chantais, hier, l'amour, la foi dans l'avenir.

« Sur le monde croulant, au monde qui commence,
« J'allais, en niveleur, aplanir le chemin :
« Je jetais du progrès la divine semence
« Sous les pas chancelants encor du genre humain.

« Je relevais partout le faible qui succombe;
« Je flagellais le vice et combattais l'erreur;
« J'adoucissais aux bons l'approche de la tombe ;
« A l'âme des méchants j'enchaînais la terreur.

« Je marchais sans jamais regarder en arrière :
« Pauvre, seul, je puisais ma force dans ma foi ;
« Mais la mort, au milieu de ma sainte carrière,
« Est venue aujourd'hui se dresser devant moi.

« Tout abri se fermant à mes prières vaines,
« J'ai, la suivant, ici, précipité mes pas ;
« De son souffle, bientôt, elle a glacé mes veines ;
« Je vais mourir, j'ai soif. — Non, tu ne mourras pas !

« Courage, attends un peu, » dit le forçat, dont l'âme
Vient de renaître au feu de l'amour rédempteur.
Il court... Le moribond, bientôt, voit une flamme...
Puis un long coup de feu retentit dans son cœur.

Le forçat revient, tombe, et dit : « Tiens, bois et mange.
« C'est mon sang, c'est ma chair, regarde ! ils m'ont frappé ! »
Et, d'un rayon divin le front enveloppé,
Il meurt en souriant du sourire d'un ange.

Le poëte, levant les yeux vers l'Éternel,
Dit : « Je t'offre, ô mon Dieu, ma plus belle conquête,
Et, de ses froides mains, du mort prenant la tête.
Expire en lui donnant le baiser fraternel !

L'ENFANT PERDU.

LA MÈRE.

L'air est froid, le ciel sombre...
Que fais-tu dans les bois?...
L'oiseau des nuits, dans l'ombre,
Répond seul à ma voix...
Par pitié pour ta mère,
        Niella,
Reviens à la chaumière,
        Ah! ah!
        Niella!

Du haut de la montagne,
Jusque dans le ravin,
Ta chèvre m'accompagne :
Je l'interroge en vain...
Nous marchons où tu passes,
        Niella,
Sans retrouver tes traces,
        Ah! ah!
        Niella!

Pourquoi donc au village,
Revint-elle sans toi?...
Lorsque grondait l'orage,
Es-tu morte d'effroi?...
Ou d'un sommeil perfide,
Niella,
Dors-tu sur l'herbe humide?
Ah! ah!
Niella!

C'en est fait, à ta perte,
Je ne survivrai pas...
Vers la maison déserte,
Si Dieu conduit tes pas...
Alors près de ton père,
Niella,
Je serai dans la terre,
Ah! ah!
Niella!...

L'ENFANT.

M'invitant à le prendre,
Un petit oiseau d'or[1],

[1] Il existe, dans quelques villages de la Bourgogne, une tradition qui désigne le rouge-gorge sous le nom d'oiseau du diable. Il vient dans les bois voltiger autour des enfants, des petits pâtres qui, croyant le saisir, s'égarent à le poursuivre dans les combes, au fond des ravins, autour des étangs.

Semblait toujours m'attendre,
Puis, s'envolait encor...
Bien loin de la clairière,
Il a
Conduit les pas, ma mère,
De ta
Niella !

Au pied de la montagne,
J'erre depuis la nuit...
J'ai froid, la peur me gagne...
Je tremble au moindre bruit...
Des voix dans la bruyère
Sont là !
Viens au secours, ma mère,
De ta
Niella !

Je vois près de la roche,
Avec des yeux de feu...
Une ombre qui s'approche
Toujours... toujours un peu...
Elle m'étreint, ma mère.
Déjà !...
Oh ! viens à la prière
De ta
Niella !

Mais j'entends de Janère
La clochette là-bas...
Puis la voix de ma mère...
Puis le bruit de ses pas...
Elle vient... — Oui, c'est elle,
Niella !
Ta mère qui t'appelle,
Ah ! ah !
Niella !...

LES PAUVRES.

Voici l'hiver... Il vient comme un mauvais génie,
Amenant sur ses pas,
Avec le froid, la faim, la fièvre, l'insomnie,
Des maux qu'on ne sait pas.

Cachant aux malheureux l'infernale cohorte
Des fléaux qu'il conduit,
Sinistre, il vient, la nuit, les grouper à la porte
De leur pauvre réduit.

Puis son souffle, sifflant à travers les fissures,
Sombre comme le glas,
Fait pleuvoir sur leur corps, qu'il couvre de mor-
La neige ou le verglas. [sures,

S'éveillant pleins d'effroi, poussant de sourdes
Les malheureux, alors, [plaintes,
Font, pour se dégager des funèbres étreintes,
De suprêmes efforts.

Mais voyez-vous, là-bas, aux débris d'un naufrage,
L'enfant des matelots?
D'abord plein de vigueur, de force et de courage,
Il surmonte les flots;

Il s'épuise bientôt, il appelle, il implore,
Les yeux au ciel levés...
Qu'on aille à son secours! Il en est temps encore,
Et ses jours sont sauvés.

Nul ne vient... C'en est fait... Il cède... et la tour-
L'entraîne loin du port... [mente
Et chaque bond qu'il fait sur la vague écumante
Est un pas vers la mort.

Semblable est leur destin... Ignorés dans la foule,
Ils appellent en vain.
La foule indifférente, hélas! passe, s'écoule,
Sans leur tendre la main...

Brisés, cédant bientôt au sort qui les opprime,
Sans crainte ni remord,
Les uns vont se jeter ou dans les bras du crime,
Ou dans ceux de la mort!

Les autres, pour sauver les restes de leur vie,
D'un bond précipité,
S'élancent jusqu'au fond du gouffre d'infamie,
D'où nul n'est remonté.

Pour garder purs et forts tous ces êtres au monde,
Et ces âmes à Dieu,
On songe, le cœur plein d'amertume profonde,
Qu'il eût fallu si peu !

Pourtant ne doutons pas de la nature humaine :
Chaque homme a dans son cœur
Plus de bien que de mal, plus d'amour que de haine,
De raison que d'erreur.

Pour en faire jaillir l'étincelle divine,
Que faut-il quelquefois ?
Un seul regard, un mot murmuré, qu'il devine
Aux doux sons de la voix...

Mères, épouses, sœurs, à vous cette œuvre sainte,
A vous de diriger
Le fils, l'époux, le frère, où l'on entend la plainte
Du pauvre à soulager.

A vous, anges du bien, vous qui savez comprendre
Les profondes douleurs...
Femmes qui pouvez tout, à vous de leur apprendre
L'art de sécher les pleurs !

LE CHAT, L'OISEAU ET LE CHASSEUR.

FABLIAU.

Apercevant, sur une branche,
Un oiseau dont la plume blanche
Lui semblait être jeune encor
Pour pouvoir prendre son essor,
Un chat dit: « Voici mon affaire :
« Cet oisillon aura beau faire,
« Bientôt il sera sous ma dent.
« Mais, toutefois, soyons prudent;
« Ne jugeons pas sur l'apparence:
« Beaucoup m'ont fait la révérence,
« Qui pourtant, comme celui-ci,
« Me semblaient bien jeunes aussi. »
Alors, Raton, dans sa cervelle,
Cherchant une ruse nouvelle,
Un œil fixé sur l'oisillon.
Va se glisser dans un sillon :
Et, pour atteindre la bruyère,
Il se couche le ventre à terre,

S'allonge et s'avance en rampant,
Ainsi que ferait un serpent.
Déjà, ce vieux chat, fort habile,
Pour happer notre volatile,
Se ramasse pour s'élancer,
Quand un chasseur vient à passer.
Banni du lit avant l'aurore,
Par la grande ardeur qui dévore
Tous les gens qui font son métier;
Celui-ci, le jour tout entier,
Avait parcouru la campagne,
Les bois, les guérets, la montagne,
Et pourtant rentrait au logis
Sans bécasse ni perdrix.
« Quoi! disait-il, pas une grive?
« Pas une alouette chétive?
« Pas un pinson, pas un friquet,
« Sur qui décharger mon mousquet?
« J'enrage... Moi, dont chacun vante
« L'œil prompt et sûr, la main savante...
« Que dira-t-on dans le hameau?
« Mais que vois-je sur ce rameau?
« C'est un oiseau de mince taille...
« Ma foi, tant pis! vaille que vaille...
« Il va payer pour ses aînés
« Les maux que je me suis donnés. »
Aussitôt notre homme s'apprête
A descendre la pauvre bête,

Qui, sans se douter du danger,
Faisait entendre un son léger
Et saluait de sa voix pure
L'astre brillant de la nature.
De son côté, maître Raton,
Qui se trouvait dans le buisson,
Croyant cet instant favorable,
Fait alors un bond incroyable:
Mais, s'élançant, il fait du bruit,
L'oiseau l'entend, crie et s'enfuit.
Le chasseur qui, dans cette attente,
Venait de lâcher la détente,
Au lieu d'atteindre l'oisillon,
Avait frappé maître Raton,
Qui, retombant dans les broussailles,
Se roule, se tort les entrailles,
Et poussant d'effroyables cris,
Cherche à regagner son taudis.
Mais, hélas! c'est presque impossible;
Car notre vieil incorrigible
Vient de perdre, en ce jour affreux,
Le moins mauvais de ses deux yeux:
Puis une patte de derrière,
Une oreille et la queue entière.
Jugez si ce malheureux chat
Pouvait rentrer en cet état.

Pourtant vers sa pauvre chaumine,

Lentement, Raton s'achemine,
Moitié traînant, roulant, boitant.
Enfin, l'infortuné fait tant,
Que sur le minuit il arrive.
Aussitôt, d'une voix plaintive,
Il veut annoncer son retour.
Mais, las de ses travaux du jour,
Le maître, étendu sur sa couche,
Dormait comme une vieille souche
Et ne songeait guère au tourment
Qu'éprouvait notre vieux gourmand.
En vain Raton, contre la porte,
Fait entendre une voix plus forte :
A sa plainte l'on ne répond
Que par un silence profond.
Bientôt sa souffrance redouble ;
Déjà son dernier œil se trouble;
Enfin, quand le maître arriva,
Le malheureux Raton creva.
Voilà l'histoire un peu terrible
De notre vieil incorrigible :
Au lieu de prendre un oisel, il fut pris...
Il eût mieux fait de chasser des souris.

FATALITÉ.

Une profonde nuit enveloppe le monde ;
Au sombre bruit des vents, du tonnerre qui gronde,
On entend, au lointain, se mêler dans les airs,
Les longs rugissements du lion des déserts.
Depuis quelques instants, le soldat, dans l'attente
Du combat que l'orage a deux fois suspendu,
Au pied des hauts palmiers repose sous sa tente,
Quand ce cri : « l'ennemi ! » soudain est répandu.
Comme au feu du chasseur on voit une panthère
Bondir en lui lançant de foudroyants regards,
A ce mot qu'a soufflé le démon de la guerre,
Mille hommes sont debout, menaçants ou hagards ;
Chacun en trébuchant sur ses armes s'élance...
On s'assemble, on se presse et l'on forme les rangs ;
Puis, écoutant, l'œil fixe, immobile, en silence,
On attend l'ennemi qui s'approche à pas lents.
Il vient... il est en face... En une nappe immense
Des deux côtés alors le feu brille et s'éteint ;
Chaque rang, tour à tour, recharge, recommence,
Remplace, en se serrant, ceux que la balle atteint.
La grêle et la fumée augmentent les ténèbres.
Vainement les blessés, à genoux, pantelants,

Implorent des secours; leurs voix, leurs cris funèbres
Se perdent sans échos au bruit des feux roulants.
Le sang, le feu, la poudre excitent au carnage;
A chaque pas qu'il fait, le soldat dans son cœur
Sent la pitié mourir et s'accroître la rage;
Il n'a plus qu'un penser : celui d'être vainqueur.
Ainsi qu'en se cherchant deux laves de cratère
Vont couvrant leur chemin de leurs anneaux brûlants,
Les deux camps ennemis marchent couvrant la terre
D'une couche de corps déchirés et sanglants.
Mais les armes bientôt se heurtent, le feu cesse...
On se cherche, on se touche, on se frappe au hasard,
On s'étreint, on s'égorge, on tombe, on se redresse,
On roule, on râle, on meurt, on fuit de toute part:
On sent des mains de fer tordre des baïonnettes,
Des ongles et des dents vous déchirent la chair,
Des crosses de fusil tourbillonnent dans l'air;
On entend fracasser des membres et des têtes!
Quand d'un rapide éclair la livide lueur
Arrache à tous un cri d'épouvante et d'horreur,
Et fait tomber des mains les armes meurtrières :
Fatalité!... les camps ont reconnu leurs frères!!!

LES DEUX MÈRES.

Ah! que fais-tu sous la charmille,
Où dort, attendant mon retour,
Ma naissante et chère famille?
Tu la ravis à mon amour!...
En le faisant, mère cruelle,
Ne crains-tu pas qu'en son chemin,
La mort, la couvrant de son aile,
N'emporte la tienne demain!...

C'est pour charmer, dans ta demeure,
Tes enfants, que tu prends les miens...
Peux-tu, pour un plaisir d'une heure,
Me ravir le plus grand des biens!...
Sauras-tu préparer leur couche?
Pourront-ils prendre de ta main
Ce qu'ils recevaient de ma bouche?...
Hélas! ils seront morts demain!...

Si quelques-uns loin du bocage,
Pouvaient vivre sans liberté,
L'hiver, tiens bien au chaud leur cage...
Couvre-la bien d'ombre l'été...

Si leur triste sort sur la terre,
N'émeut pas ton cœur inhumain,
Fais-le par pitié pour leur mère :
Elle sera morte demain!...

LES ENFANTS DU TISSERAND.

O toi qui fais germer les moissons et les fleurs,
Quand tout est glacé sur la terre,
Pour qu'ils s'ouvrent à la misère
Fais éclore, ô mon Dieu! la pitié dans les cœurs.

— Cinq heures vont sonner au clocher du village,
Et tu n'as pas encor dormi :
Une sueur glacée inonde ton visage,
Tu souffres donc bien, mon ami?...
— Je vais mourir bientôt. — Non, non, reprends
Soulève ton front à demi : [courage,
Toi si grand dans les maux, si fort dans la souffrance,
A ton âge, pourquoi perdre ainsi l'espérance?

O toi qui fais germer les moissons et les fleurs,
Quand tout est glacé sur la terre,
Pour qu'ils s'ouvrent à la misère
Fais éclore, ô mon Dieu! la pitié dans les cœurs.

Pour les familles condamnées
Aux durs labeurs, aux longs revers,
Le temps a doublé les années,
Les printemps touchent aux hivers.

Suivant la voie, hélas ! par ses aïeux suivie,
Mon père, un jour, pour nous mourut sur son métier;
De sa longue misère il m'a fait l'héritier,
Et j'ai gagné la mort en gagnant notre vie.

O toi qui fais germer les moissons et les fleurs,
 Quand tout est glacé sur la terre,
 Pour qu'ils s'ouvrent à la misère
Fais éclore, ô mon Dieu ! la pitié dans les cœurs.

— Prends cette goutte d'eau pour rafraîchir ta lèvre,
J'irai, quand viendra l'aube, implorer des secours,
— Hélas ! le pourrais-tu, toi, dont la faim, la fièvre,
Privent ton fils d'un sein tari depuis trois jours?
Sans avoir, pauvre femme, un bras qui te soutienne,
La faiblesse, le froid ralentissant tes pas,
Peut-être avant ma mort tu ne reviendrais pas,
Et je voudrais mourir ma main pressant la tienne.

O toi qui fais germer les moissons et les fleurs,
 Quand tout est glacé sur la terre,
 Pour qu'ils s'ouvrent à la misère
Fais éclore, ô mon Dieu ! la pitié dans les cœurs.

L'âme et le cœur grandis de dix ans dans une heure,
Une enfant couvre alors ses frères de haillons,
Puis s'éloigne avec eux de la pauvre demeure
Dès que l'on voit du jour paraître les rayons.
Le père, frémissant d'une douleur profonde,

Laisse éclater soudain ses sanglots étouffants;
Une secrète voix, en quittant ses enfants,
Lui dit qu'il ne doit plus les revoir dans ce monde.

O toi qui fais germer les moissons et les fleurs,
Quand tout est glacé sur la terre,
Pour qu'ils s'ouvrent à la misère
Fais éclore, ô mon Dieu ! la pitié dans les cœurs.

La neige tombe, mais qu'importe !
La pauvre enfant, dans le hameau,
Va, répétant de porte en porte :
« Donnez pour mon frère au berceau,
« Donnez pour mon père et ma mère,
« Tous trois ont froid, tous trois ont faim ;
« Donnez, donnez un peu de pain,
« Ne rejetez pas ma prière. »

O toi qui fais germer les moissons et les fleurs,
Quand tout est glacé sur la terre,
Pour qu'ils s'ouvrent à la misère
Fais éclore, ô mon Dieu ! la pitié dans les cœurs.

En vain son saint amour, pour attendrir les âmes,
Donne à sa voix des sons touchants et douloureux :
Le froid double les murs et retient les heureux
Enchaînés près de l'âtre, où scintillent les flammes.
Du village voisin elle prend le chemin,
Charge son jeune frère alors sur ses épaules,

Et marche en soutenant le second par la main,
Et s'abritant parfois dans les fentes des saules.

O toi qui fais germer les moissons et les fleurs,
    Quand tout est glacé sur la terre,
    Pour qu'ils s'ouvrent à la misère
Fais éclore, ô mon Dieu ! la pitié dans les cœurs.

Mais bientôt la nuit vient... le frère aîné chancelle,
Pâlit, tombe... sa sœur veut doubler son fardeau ;
Elle faiblit, s'affaisse ; elle pleure, elle appelle.
Sa voix meurt et ses yeux se couvrent d'un bandeau.
Quand le soleil vint rendre au monde sa lumière,
Sur la neige on trouva trois cadavres glacés :
La sœur tenait encor ses frères enlacés,
Et ses yeux entr'ouverts regardaient la chaumière.

O toi qui fais germer les moissons et les fleurs,
    Quand tout est glacé sur la terre,
    Pour qu'ils s'ouvrent à la misère
Fais éclore, ô mon Dieu ! la pitié dans les cœurs.

LES DEUX LARRONS ET LES DEUX AGNEAUX

CONTE.

Je n'ai jamais compris le charme
Qu'un larron trouve en son métier ;
Il a pour ennemis : gendarme,
Garde-champêtre et forestier,
Maître, valet, chien et portier ;
Femme, parents, juge, complice,
Et l'homme qui mène au supplice...
Enfin, il a le monde entier...
Puis les oiseaux de triste augure...
Sa conscience... et sa figure...
Les vents et les échos railleurs...
Son pas, sa voix, sa silhouette...
Le rossignol et l'alouette,
Ces harmonieux réveilleurs
Des poëtes, des travailleurs...
Tout le poursuit... nul ne l'assiste...
Et malgré le Ciel et les saints,
Qu'il invoque avant ses larcins,
Il fait toujours une fin triste...

L'un de nos deux héros, pourtant,
Semblait né pour un sort prospère :

Riche en tours, jeune, bien portant,
Il avait su fuir du repaire
Le jour où l'on y prit son père...
Et passer, libre, à l'étranger.
Dès qu'il se vit hors de danger,
Notre Larron se mit en quête
D'un pays propre à ses exploits...
Il en trouve un, beau, riche, honnête,
Régi par les plus douces lois :
Point de bourreaux .. à peine un bagne
— Presque toujours sans habitants, —
Enfin, le pays de Cocagne
Qu'il avait rêvé si longtemps.

Rendant grâce à la Providence,
Il y fixe sa résidence,
Puis il explore le terrain,
Va, vient, tourne, cherche, examine
Du château jusqu'à la chaumine,
Sans voir une porte d'airain...
Tout est en bois et sans ferrures,
Point de verroux... point de serrures...
Il suffit d'étendre la main...
Ah ! quelle joie... et quel courage !...
Aussi, — sans attendre à demain, —
Il faut qu'il se mette à l'ouvrage.
Il le fit quand minuit sonna,
Et Dieu sait ce qu'il se donna...

Tout lui fut bon : souliers, dentelles,
Vaisselle, habits, montres, bretelles,
Vin, linge, argent, lard, bracelets ;
Il en prit tant et tant encore,
Qu'il rentra, — quand parut l'aurore, —
Chargé comme quatre mulets.
Le jour suivant, comme la veille,
Tout lui réussit à merveille.
Bref, il procède avec tant d'art,
Que sa demeure, — un mois plus tard, —
Formait un grenier d'abondance...
Aussi notre homme, par prudence,
Ne veut pas lasser le Destin...
Il va bientôt prendre retraite
Et vivre en paix de son butin...

Un sage, à temps, en tout s'arrête...
C'est pour ne l'avoir pas été,
Qu'après plus de trente ans de peines,
Sans avoir de rien profité,
Son père fut chargé de chaînes...
Puis, ensuite, décapité.

Il n'a plus qu'une affaire en tête...
Aussitôt qu'elle sera faite,
A son métier il dit adieu.
Cette affaire doit avoir lieu
Chez une veuve, une duchesse,

Qu'on citait pour sa piété,
Ses vertus et sa charité,
Mais plus encor pour sa richesse.
Dans l'enceinte de son manoir
Il se glisse, — à minuit, — sous l'ombre...
— Il est des nuits qu'on marque en noir,
Celle-ci se trouvait du nombre. —
La neige, tombant à flocons,
Jonchait escaliers et balcons...
La bise, le givre, la glace,
Clouant les portes, les volets,
Il ne peut entrer dans la place,
Sans réveiller chiens ou valets
Au bruit des gonds ou des sonnettes...

Enfin au logis, le Larron
Allait revenir les mains nettes,
Lorsqu'il entend, près du perron
Bêler un tout jeune mouton.
De l'étable il ouvre la porte...
Entre, tâtonne... étend la main...
Le sent, le saisit... et l'emporte.
Palpant la bête en son chemin,
Il y taillait la côtelette,
Mettait en sauce ses rognons,
Lorsqu'il croit voir, comme un squelette
Surgir un de ses compagnons...
C'en était un, — de pire espèce,

Efflanqué, maigre, aux yeux ardents;
Enfin un loup qui vous dépèce
Un homme en quelques coups de dents.

Non moins heureux que son confrère
Cet autre adroit larron, quinze ans,
Bravant piéges, chiens, paysans,
Avait aux moutons fait la guerre.
Chassé de ses bois par la faim,
Cette fois, bien avant l'aurore,
A jeûn il se trouvait encore,
Que le jour touchait à sa fin.
Nez au vent, oreille tendue,
Il flairait la proie attendue,
Lorsqu'il voit venir à grands pas,
Tremblant sous sa toison légère,
Un des moutons, dont, ici-bas,
La Providence est la bergère.
Besace au dos, bâton en main,
Il suivait le petit chemin,
Qui menait vers l'humble chaumière
Ouverte au pauvre enfant sans mère...
A son aspect le carnassier
Allongeant son jarret d'acier,
Bondit au devant de sa proie.
Mais, voyant son œil qui flamboie,
L'enfant à l'aide d'un rameau,
Se hisse aux branches d'un ormeau,

Et des cordons de sa besace,
A l'une d'elles, il s'enlace...
Puis, au loup, jetant de son pain,
D'instants en instants, quelques tranches,
Les moins dures et les plus blanches,
Il dit tout bas : « Lorsque j'ai faim
« J'en mange... et de bien plus vilain...
« Fais comme moi. » Le vieux gredin,
Hurlant, sifflant de la narine,
De cette oreille n'entend pas...
C'est de chair et non de farine
Qu'il prétend faire son repas.
Il tourne... et, redoublant d'adresse,
Bondit, retombe, se redresse :
Aiguisant sa faim et sa dent,
Au tronc de l'arbre, en le mordant...
S'arrête, regarde en silence...
Pour la vingtième fois s'élance,
Retombe, se met en arrêt,
Lorsque l'homme au mouton paraît.

Changeant d'envie et de posture
Il court à la double pâture;
Mais aussitôt qu'il l'aperçoit,
Le larron déposant sa bête,
Se campe, l'attend, le reçoit
D'un coup de gourdin sur la tête,
Puis d'un coup de stylet au flanc.

Le loup hurlant, rageant, sifflant,
Plus acharné dans son envie,
Lui saute au cou, l'étreint, le mord,
Lui coupe la gorge et la vie,
Et tombe expirant sur le mort.

Ce petit conte, Messieurs, prouve
Que le plus heureux ravisseur,
Dans quelque pays qu'il se trouve,
N'est jamais heureux possesseur.

LE REMORDS.

DRAME EN UN ACTE.

PERSONNAGES :

KALIMOR.
RUSWOLD.
UN CONVIVE.
UN MARQUIS.
UN COMTE.
UN POÈTE.
UN PARASITE.
DES DOMESTIQUES.

La scène se passe en Italie, au XVIe siècle.

Dans une maison somptueuse, un salon richement meublé. Au milieu, une table servie. Au fond, porte à deux battants. De chaque côté, des fenêtres très-hautes, laissant voir, à gauche, de grands arbres, à droite, un jardin, des bosquets.

Au lever du rideau, on entend de la musique; on voit, se promenant au fond, les convives d'une fête, donnant le bras à des femmes qu'ils entretiennent à voix basse. Kalimor et le Convive sont assis sur un sofa, dans le salon.

Scène première.

LE CONVIVE.

Je ne puis m'expliquer, cher hôte, le mystère
Qui vous a si longtemps fait parcourir la terre,
Et vous fait, aujourdhui, prodiguer des repas
Auxquels, le plus souvent, vous ne paraissez pas.

KALIMOR.

Écoute... Dans les camps jeté dès mon jeune âge,
J'y vécus au milieu de scènes de carnage...
A vingt ans, rien d'humain en moi n'avait battu...
La force était ma loi... l'audace... ma vertu...
Plus je versais de sang, plus j'en voulais répandre.
Pour atteindre à mon but j'osai tout entreprendre...
Et bientôt ma fortune et ma célébrité
Montèrent au niveau de ma témérité...
Et j'eus des passions jusqu'alors endormies...
Aujourd'hui, je combats en vain ces ennemies...
Lorsque le corps sur l'âme a pris l'empire un jour,
Sur le chemin du bien, il l'arrête au retour...
En vain l'homme nouveau veut briser son entrave :
De l'homme ancien toujours il redevient esclave...
Tout ce que fait un jour, un autre le détruit...
J'en suis là... j'ai besoin de mouvement, de bruit,
Pour calmer de mon sang les funestes tempêtes...
Voilà, mon cher ami, le secret de ces fêtes...

(Il s'éloigne du côté du parc, suivi de son convive. Dans ce moment, un jeune étranger, pâle, fatigué, mal vêtu, une mandoline à la main, entre et les suit des yeux : c'est Ruswold.)

Scène deuxième.

RUSWOLD (les regardant sortir).

C'est lui!... que le hasard ou le ciel m'ait conduit,
Je vais donc accomplir mon serment cette nuit!...

Scène troisième.

RUSWOLD, TOUS LES CONVIVES, PRÉCÉDÉS DU PARASITE.

(Pendant toute cette scène, Ruswold reste près du seuil et se promène en écoutant, sans être vu. Tous les convives se mettent à table, à mesure qu'ils entrent.)

LE PARASITE (entrant et montrant la table).

Ah! notre amphitryon, Messieurs, fait bien les choses!
Après un bal magique, un concert sous les roses,
Un vrai festin de roi...

LE COMTE.

C'est vrai... mais dites-moi
Pourquoi, seul, il y semble étranger, et pourquoi,
Préoccupé, rêveur, il n'y fait qu'apparaître.

LE MARQUIS.

Puis entre nous, Messieurs, enfin, qui peut-il être?
Depuis un an bientôt qu'il vit dans le pays,
On le trouve partout, chez toutes nos Laïs :

Dans les lieux les plus bas, les sphères les plus hautes.
Nul de nous, il est vrai, ne fête mieux ses hôtes...
Nul ne sait inventer des plaisirs plus nouveaux...
Nul n'a plus de valets, nul n'a plus de chevaux...
Nul, au jeu, n'a son calme et sa magnificence...
Mais nul de nous, non plus, ne connaît sa naissance,
Il faudrait la connaître au moins pour notre honneur.

LE POÈTE.

Cette réflexion est tardive, seigneur...

LE PARASITE.

Qu'il vienne de Pékin, de la Sublime-Porte,
Qu'il soit noble ou manant, prince ou marchand,
qu'importe !
Ses repas sont nombreux, ses vins, ses mets exquis,
(Prenant son verre.)
Ses titres les plus beaux... les voilà, cher marquis.
(Il boit.)
Pourtant, si vous tenez beaucoup à le connaître,
(Désignant Ruswold.)
Interrogez ce rustre .. il vint sous ma fenêtre,
Hier, chanter un refrain que notre amphitryon
Fredonne quelquefois... peut-être, il sait son nom...

LE MARQUIS (à Ruswold).

De quel pays es-tu ? mon drôle ?

RUSWOLD (descendant la scène).

Que t'importe ?...

LE PARASITE.

Il est fier...

LE COMTE.

Insolent...

LE MARQUIS.

Qu'on le jette à la porte...

LE POÈTE.

Soyez justes, Messieurs, c'est nous qui le raillons;
Peut-être un homme est-il caché sous ses haillons.

LE PARASITE.

Quel qu'il soit: bohémien, ménestrel ou trouvère,
(Lui présentant son verre.)
Sa réponse me plaît. Manant, bois dans mon verre,
Ensuite, chante-nous quelque joyeux couplet...

RUSWOLD (près de la table, refusant le verre).

Je chante quand je veux... je bois quand il me plaît.

LE POÈTE.

Voyons, fais-nous entendre un beau chant de victoire.

RUSWOLD (voyant revenir Kalimor qui s'arrête près du seuil).

J'aimerais mieux, Messieurs, vous conter une histoire.

LE POÈTE.

Parle... nous t'écoutons...

Scène quatrième.

LES MÊMES, KALIMOR.

(Pendant cette scène, Ruswold et Kalimor ont les yeux fixés l'un sur l'autre.)

RUSWOLD.

Un pays florissant
Voit sur lui, fondre, un jour, un ennemi puissant...
La nuit vient, il s'approche, et la lutte commence.
Des deux camps aussitôt, comme une lave immense
Balles, boulets, mitraille, obus, vont dévorant ,
Chacun des bataillons marchant en se serrant,
Et semble, par les morts qu'il entasse en arrière,
Opposer à sa fuite une immense barrière...
Mais les rangs ennemis, cernés, brisés, percés,
Faiblissent, et bientôt se sauvent dispersés...
En vain les chefs, pensant ranimer leur courage
Par l'espoir du butin, les poussent au carnage...
Ils vont être au pouvoir des assiégés vainqueurs ,
Quand le mot : trahison! vint glacer tous les cœurs!
Un de leurs généraux vient de livrer la ville!...
Mais pour combattre encore on s'arme en chaque asile,
Et des toits s'entr'ouvrant, jusqu'aux lieux souterrains,
L'inexorable mort est dans toutes les mains...
Tout lutte, frappe, étreint, déchire, tue ou tombe!...
Mais la ville bientôt, sous le nombre succombe!...
Sous le poids des caissons, des canons; sous les pas
Des chevaux bondissants; sous le pied des soldats,

Partout le sol brûlant s'ouvre alors, et se gorge
Du plus pur sang d'un peuple abattu qu'on égorge.
Rien n'échappe aux bourreaux, et leurs cris de fureur
Couvrent ceux des mourants; et pour comble d'horreur,
Bientôt chaque maison que l'incendie embrase,
Croule! et sous ses débris, renverse, étouffe, écrase
Des femmes, des enfants, des vierges, des vieillards.
De ce brasier ardent, ceux qui, nus, fous, hagards,
S'échappent, vont tomber un fer dans la poitrine!...
Tout meurt! en contemplant la flamme et la ruine;
Alors les chefs vainqueurs s'assemblent radieux...
Le transfuge aussitôt prend place au milieu d'eux,
Et reçoit de leurs mains sans que son front pâlisse,
L'horrible prix du sang dans lequel son pied glisse!
Puis va chercher bien loin quelque asile ignoré,
Pour cacher son forfait et son nom abhorré!...
Eh bien, cet homme-là... ce transfuge, ce traître,
Ce parricide, enfin, voulez-vous le connaître?
(Désignant Kalimor.)
Regardez... le voilà... c'est votre amphitryon.

TOUS (se levant et se retournant).

Ah!...

RUSWOLD.

Donnez, maintenant votre admiration
A ces vins, à ces mets, qu'à peine on énumère...
Donnez... ce sont le sang et la chair de sa mère!!!...

TOUS.

Horreur ! horreur !...

(Tous les convives, les domestiques se sauvent épouvantés en faisant un demi-cercle autour de Kalimor, qui vient à Ruswold.)

Scène cinquième.

RUSWOLD, KALIMOR.

KALIMOR (atterré d'abord, puis cherchant des yeux).

Une arme... une épée... un poignard !...

RUSWOLD (le saisissant à la gorge et le faisant tomber à genoux, un poignard sur la poitrine).

Plus un pas !...

KALIMOR (avec épouvante).

Au secours !... à l'aide !...

RUSWOLD.

Il est trop tard !...
Au nom de ton forfait, de ton pays qui pleure,
Kalimor, à genoux, voici ta dernière heure !...

KALIMOR.

Qui donc es-tu ?

RUSWOLD.

Celui qui s'est fait juge et loi...

KALIMOR (le reconnaissant).

Ruswold !...

RUSWOLD.

Moi, qui depuis un an te cherche...

KALIMOR.

Toi!...

RUSWOLD.

Pensant que, poursuivi par l'horreur de ton crime,
Tu fuirais dans quelque antre, au fond de quelque abîme,
J'ai parcouru d'abord, six mois, pauvre, pieds nus,
Les lieux les plus déserts et les plus inconnus...
Muet, rampant la nuit, au fond de tout repaire,
Haletant, je cherchais ton regard de vipère...
Le jour, je demandais tes pas au sol mouvant...
Tes accents aux échos, ton souffle impur au vent!
Puis je vins dans ces lieux, dirigé par la haine...
Et je te tiens, enfin... et toute plainte est vaine...
Je vais de mon pays venger le long malheur...

(S'élançant de nouveau sur Kalimor, qui s'est relevé peu à peu.)

Allons, meurs! Non, je vois sur ton front la pâleur :
Ton cœur, comme le crime, a connu l'épouvante...
La vengeance, à présent, comme une hydre vivante,
S'acharnant après toi... sous son genou sanglant,
Te tiendra, nuit et jour, râlant et pantelant...
Et sans lâcher jamais son horrible pâture,
Fera de tous tes jours des siècles de torture...
Vis donc jusqu'à l'heure où, devenant ton bourreau,
Tu nous vengeras tous par un crime nouveau.

(Il jette son poignard et sort.)

Scène sixième.

KALIMOR (se relevant).

Il me laisse la vie et me livre à moi-même...
Il a raison... jamais, pour moi, l'Être-Suprême,
Les hommes, leurs bourreaux, les monstres des Enfers,
N'auront des maux plus grands que ceux que j'ai souf-
ferts!
Tout me dit mon forfait... tout écho le répète:
Je l'entends dans la voix de la sombre tempête...
Dans le cri de l'insecte et le chant de l'oiseau...
Dans le bruit du feuillage et celui du ruisseau.
L'éclair me le retrace en sillonnant l'espace...
Je le vois dans les flancs du nuage qui passe...
Et dans les traits de sang que, la nuit, dans les cieux,
Les astres irrités semblent former entr'eux...

(S'asseyant près de la table.)

Ah! j'étouffe... buvons... oui, noyons la mémoire

(Tendant sa coupe en arrière.)

Dans l'ivresse, recours du lâche. A boire, à boire!

(Se retournant et regardant autour de lui.)

Personne ici!... mon crime a fait le vide... quoi!
Mes valets... eux aussi... tous ont horreur de moi.

(Il se lève, se frappe le front, se rassied, boit, l'ivresse commence. Riant.)

Ah! ah! ah!

(Il se relève... marche... s'arrête... écoute... pousse un cri.)

Ah! la voix!... oui... je l'entends... c'est elle...
La voix inexorable... infernale... éternelle...

Qui réveille en mon sein, aussitôt qu'elle dort,
Cette vipère aux dents ardentes : le remords!!!

(Il boit plusieurs fois.)

Ah! j'étouffe, je brûle. A boire... encore, encore.
Rien ne peut étancher la soif qui me dévore!...

(Rejetant son verre.)

Mais une odeur de sang empoisonne ce vin...

(Comme en démence.)

Ah! ah! ah! le passé s'enfuit... s'efface, enfin...

(Il marche ivre.)

Qui donc parlait ici de crime et de vengeance?...
Pour moi la vie est belle... et l'avenir commence...
J'ai de l'or... je suis riche... et, selon mes désirs,
Je puis prendre et vider la coupe des plaisirs...
Demain, j'irai chercher quelques cités lointaines...

(Il se dirige en chancelant vers le sofa et s'y laisse tomber.)

Où j'aurai des châteaux, des valets par centaines.

(Bientôt sa tête s'affaisse,.. il s'endort.)

Scène septième.

KALIMOR, LE CONVIVE (rentrant et se glissant près du sofa).

LE CONVIVE (regardant Kalimor).

Le trouble est dans son âme... et la sombre pâleur
De la mort sur son front...

(Dans ce moment le soleil se lève au fond du théâtre, et ses premiers rayons viennent darder sur le visage de Kalimor.)

KALIMOR (se levant et étendant la main vers le soleil.)

Quelle est cette lueur..
Qui, s'élevant ainsi qu'un sanglant météore,
Vient m'envelopper? Ah!... c'est le feu qui dévore
Mon pays!...

LE CONVIVE (lui prenant la main).

Calmez-vous...

KALIMOR (l'entraînant).

Fuyons... vois-tu, là-bas,
Ces femmes, ces enfants, ces vieillards, ces soldats
Combattant, repoussant ces hordes étrangères...
Puis tombant égorgés! vois-tu? ce sont mes frères!

LE CONVIVE.

Revenez à vous-même...

KALIMOR.

Et je suis Kalimor,
Leur assassin!...

LE CONVIVE (reculant d'horreur).

Ah!...

(Il s'enfuit épouvanté.

KALIMOR.

Oui... c'est moi qui, pour de l'or,
Ai creusé leur tombbeau et préparé leurs chaînes!...
Monstre inhumain, sorti des entrailles humaines,
J'ai, dans l'enivrement de ma férocité,
Déchiré de mes mains les flancs qui m'ont porté!
J'ai du monde et de Dieu mérité l'anathème,
Et sais qu'il faut mourir... mais à l'heure suprême
Je faiblis... je suis lâche... et j'ai peur de la mort!

(Avec résolution.)

Non, non... je la préfère aux terreurs du remords.

(Ruswold reparait au fond.)

De mes tourments, enfin, que ma mort me délivre.

(Ramassant le poignard de Ruswold. — Il le rejette.)

Ce poignard! je ne puis! Non, jamais! je veux vivre!

(Après une pause.)

Vivre... avec qui? pourquoi? dans quels lieux? et comment?

(Reprenant le poignard.)

Comme j'allais au crime... allons au châtiment.

Scène huitième.

LES MÊMES, RUSWOLD.

(Le convive revient et veut aller à lui. Ruswold s'approche et le retient.)

KALIMOR.

(Hésitant. — Avec joie.)

J'ai peur... avec le corps... si j'allais tuer l'âme!...

(Il se frappe.)

Vain espoir! ma main tremble! Ah! j'ai senti la lame.
(Retirant le poignard.)
Du sang! horreur! il coule, et pourtant je ne sens
Pas de faiblesse encor, ni de trouble en mes sens!
Peut-être qu'en frappant j'ai manqué d'assurance...
Faut-il recommencer? Je ne puis. Ciel! j'y pense.
Si le remords vivant dans mon sein criminel,
Avait rongé mon cœur!!!... si j'étais éternel!!!...

RUSWOLD (lui apparaissant et étendant la main vers lui).

Tu l'es... tant qu'ils auront sur la terre un langage,
Les hommes rediront ton forfait... d'âge en âge...

KALIMOR (s'affaissant).

Je faiblis! la mort vient! tout tourne autour de moi.

RUSWOLD.

Un monstre va finir, monde, réjouis-toi!!!...
(Kalimor meurt.)

LES MORTS VIVANTS ET LES VIVANTS MORTS.

I.

Lorsque la Providence, en son amour de mère,
Vit des flancs du chaos l'humanité surgir,
Pour qu'il fondât les lois qui devaient la régir,
Elle prêta son âme au mendiant Homère.

II.

Voyant pour de faux biens, par la guerre arrachés,
Les hommes, de leur sang couvrir partout la terre,
Virgile, de son sein dévoilant le mystère,
Leur montra des trésors jusques alors cachés.

III.

Quand Juvénal, en traits de feu,
Marque au front le pervers, l'impie,
Il se fait l'instrument de Dieu
Qui veut que tout crime s'expie.

IV.

Lorsqu'il plonge aux enfers l'orgueil, la lâcheté,
Le vol, la trahison, la luxure, l'envie,
Le Dante se souvient de l'enfer de sa vie :
Il se venge de ceux qui l'ont persécuté.

V.

Sombre comme les temps où naquit son génie,
Plein de doute et de foi, créateur souverain,
Shakespeare fit jaillir, d'un monde à l'agonie,
Des anges radieux et des monstres d'airain.

VI.

Dans ses tourments sans fin, sa chute criminelle,
Quand l'aveugle Milton peint le grand réprouvé,
Il pleure encore, hélas ! sur la perte éternelle
D'un bonheur entrevu, mais jamais éprouvé.

VII.

L'humanité vit-elle un homme sur la terre
Plus grand que Camoëns, vieux, brisé par la guerre,
Chantant pour son pays qui le bannissait ? — Oui !
C'est l'esclave divin qui mendiait pour lui.

VIII.

Machiavel, proscrit, brisé, l'âme meurtrie,
Dans son traité du *Prince*, inspiré par l'Enfer,
Enseigne aux Médicis, pour revoir sa patrie,
Du Code des tyrans la logique de fer.

IX.

Quand poète Dieu vous fait naître,
C'est pour servir la vérité;
Le sort du Tasse est mérité:
Pourquoi va-t-il servir un maître?

X.

Dans l'espoir d'arracher son siècle de la fange,
Rabelais composa le plus savant mélange
De cyniques couleurs, puis en fit des tableaux
Capables d'empester quinze siècles nouveaux.

XI.

De *Phèdre* et de *Cinna* les auteurs éternels
Sont deux des plus puissants poètes de la terre;
Mais ils en sont aussi deux des plus criminels:
L'un a tué son fils, l'autre a tué son frère.

XII.

Molière et Lafontaine, esprits profonds et droits,
A coups de plume ont fait crouler plus de faux droits,
Ont détruit plus de forts, renversé de barrières
Que tous les pourfendeurs à grands coups de rapière.

XIII.

Incomplet par le cœur, il le fut par la tête;
Mais, malgré ses erreurs, sa sombre vanité,
Jean-Jacques sut encor, par son œuvre incomplète,
Rajeunir de cent ans la vieille humanité.

XIV.

Son esprit trop rusé gâtant sa conscience,
Voltaire gâta tout, son vers et sa science.
Quoiqu'en son siècle ardent comme un astre il ait lui,
L'avenir pourrait bien ne rien garder de lui.

XV.

Vainement j'ai voulu vingt fois me mettre en train
D'étrangler Alexis dans les vers d'un quatrain ;
Je comprends que ma muse impuissante résiste :
Il faut, pour étrangler un homme... qu'il existe.

XVI.

Crébillon, Delille, en leur temps,
Ont vécu plus de soixante ans ;
Hélas ! ils auraient de la peine
A vivre, au nôtre, une semaine.

XVII.

Chatterton, Malfilâtre, ont eu le sort commun :
Pauvre, de faim il faut que le poète meure !...
Le monde, en l'admirant, le lendemain le pleure :
Qu'il en renaisse mille, il n'en sauve pas un !

XVIII.

Du malheureux Gilbert, comme une lèpre immonde,
Les lâches détracteurs s'acharnent sur les os.
Il en pourrira plus que les mers n'ont de flots,
Que sa mémoire encor planera sur le monde.

———

XIX.

André Chénier dressait dans son âme un autel
Au saint art qu'il rêvait plein de splendeur sublime.
Quand, oubliant son œuvre, il courut à l'abîme,
Et gravit l'échafaud pour mourir immortel.

XX.

Schiller, du genre humain se fit le saint apôtre;
Gœthe voulut, de l'art, se poser en géant;
Avec l'un plein de foi, plein de doute avec l'autre,
L'on monte jusqu'au ciel ou l'on tombe au néant.

XXI.

Dans sa large cervelle et dans son cœur étroit,
Joseph a du bourreau trouvé l'apologie;
Xavier, qui d'un lépreux n'a fait que l'élégie,
Pourrait de l'avenir, seul, franchir le détroit.

XXII.

La gloire de Byron sans doute est légitime;
Mais, au lieu d'être lord, s'il eût marché pieds nus,
Loin de vendre un louis ses vers les mieux venus,
Il n'en eût pas trouvé, j'en suis sûr, un centime.

XXIII.

Moreau, Musset, par Dieu furent sacrés poètes.
Dans leur aveuglement lâche, odieux, fatal,
L'égoïsme tua l'un dans un hôpital,
Le vice fit mourir l'autre au milieu des fêtes.

XXIV.

Delavigne, en ses vers, à chaque mot s'inspire
De l'amour de l'humanité;
On gémit en sentant qu'hélas! rien n'y respire
Le souffle de l'éternité.

XXV.

Chateaubriand, posant sur terre comme un dieu,
De son tombeau lui-même a désigné le lieu;
Malgré son long savoir et sa foi très-profonde,
Son règne pourrait bien n'être pas de ce monde.

XXVI.

L'un plein de foi, l'autre de doute,
Suë et Balzac ont cheminé :
Le premier, sur la grand'route,
L'autre sur un chemin miné.

XXVII.

Béranger, Lamartine, également puissants,
Ont eu, dans l'art divin du chantre d'Ionie,
L'un, un peu de génie à force de bon sens,
L'autre, un peu de bon sens à force de génie,

XXVIII.

Hugo, dans son large cerveau,
A remué plus de matière
Que n'en contient la terre entière,
Mais sans trouver rien de nouveau.

XXIX.

Barthélemy longtemps crut, dans son importance,
Entre Barbier et lui parfaité égalité ;
Du rimeur au poète il n'est qu'une distance :
C'est c'elle du néant à l'immortalité.

XXX.

Comme toute puissance, aveugle ou surhumaine,
Ayant sur les yeux un bandeau,
Dumas, un jour, suivant le destin qui le mène,
Sera broyé sous son fardeau.

XXXI.

Ponsard, Augier, imitant vers ou prose
Des modernes ou des anciens,
Dès leur début, ne rêvaient qu'une chose:
Se voir académiciens.

XXXII.

La nature, à Séjour, avait, en le créant,
Donné des facultés qui peuvent faire un maître;
Le voyant, pour de l'or, créer chaque œuvre au mètre,
Elle vient la marquer au vieux sceau du néant.

XXXIII.

L'un par l'esprit, l'autre par l'âme,
Rolland, Bouilhet, ont des hauteurs :
Mais des vrais et grands créateurs,
Ils n'ont ni le sens ni la flamme.

XXXIV.

Barrière et d'Ennery, criant au sacrilége,
Disaient: « L'art est perdu! plus d'essor! plus d'élan!
Si l'on porte la main sur le saint privilége! »
Qui leur garantissait cent mille francs par an.

XXXV.

Le spirite Sardou réduit Scribe, son maître;
Par un autre, à son tour, Sardou réduit doit être,
Puis un dernier fera si bien
Que d'eux il ne restera rien.

XXXVI.

Si l'on en croit Gautier, — sans excepter Homère, —
Méry n'a pas encor son égal sur la terre;
Si l'on en croit Méry, jamais au monde entier,
Il ne naîtra poète aussi grand que Gautier.

XXXVII.

En vain Laprade a consacré
A l'art son existence entière:
Toujours il fondit sa matière
A côté du creuset sacré.

XXXVIII.

Dès qu'ils ont vu ses *Fleurs du Mal*,
Les ennemis de Baudelaire,
Connaissant son état normal,
En rire ont changé leur colère.

XXXIX.

Je veux bien, puisqu'enfin la presse le proclame,
Convenir que Banville est dramaturge aussi;
Mais la presse, en retour, doit m'accorder ceci:
Qu'en créant ses héros, il oublia leur âme.

XL.

Arsène cisèle très-bien :
Ses vers ont la forme coquette :
Enfin, il ne leur manque rien
Que d'être faits par un poète.

XLI.

Quand Emile et Paulin font une reculade,
C'est que, plus grands, plus forts et plus audacieux,
Ils espèrent bientôt, comme un autre Encelade,
Dans un saut de tremplin escalader les cieux.

XLII.

Edmond About et Sainte-Beuve
Se ressemblent fort en ce point :
Ils feraient mille fois peau neuve,
Leur âme ne changerait point.

XLIII.

Les deux Véron, dit-on, sont de fort beaux esprits :
Leur nature, en tout cas, semble bien différente :
L'un, de ses écrits lourds a tiré large rente,
L'autre n'a rien tiré de ses légers écrits.

XLIV.

Qu'il immortalise ou qu'il tue
Madame Chose ou monsieur Tel,
Janin n'aura pas de statue,
Il ne sera pas immortel.

XLV.

Infortué Sarcey! malheureux Saint-Victor!
Quel destin fut jamais plus cruel que le vôtre!
A peine à votre aurore on vous voit l'un et l'autre
Porter sur votre front les rides de Nestor.

XLVI.

Quand rien ne bat dans la poitrine,
On a beau se battre les flancs;
Picrole, avec ses mots ronflants,
N'a rien fait que de la tartine.

XLVII.

Ame toujours malade, esprit toujours chagrin,
Gozlan, qui de bon sens n'a jamais un seul grain,
Ferait vivre mille ans mille hommes de sa plume,
Plutôt qu'il n'en ferait vivre un jour un volume.

XLVIII.

Trop savant pour être poète,
Trop rêveur pour être savant,
Paul, de ce qui vit dans sa tête,
N'arrachera rien de vivant.

XLIX.

« Un homme de génie égorge ceux qu'il pille, »
Disait, un jour, l'auteur d'innombrables larcins;
Mais ceux qu'il a tués sont encore fort sains,
Et lui seul est tombé sous sa large faucille.

L.

Ponson, dans l'ardeur qui le pousse,
Pourrait couvrir le globe entier
Des fruits de son triste métier :
Il n'en resterait pas un pouce.

*
* *

Le jour vient où le monde, en sa marche géante,
Va demander un compte à ces faux éclaireurs :
Les exploiteurs du vice et trafiquants d'erreurs
Iront alors combler leur ornière béante.

IMPROVISATIONS.

I.

PRÈS D'UN BERCEAU.

Doux ange, né de deux poètes,
Un jour, du pauvre genre humain,
De tes ailes, sur son chemin,
Tu détourneras les tempêtes...

II.

A MADEMOISELLE MARGUERITE ANDRÉ, D'ARLES.

Le doux rayonnement qui plane sur ta tête,
Les sons purs de ta voix,
Révèlent à la fois
En toi le cœur d'un ange... et l'âme d'un poète...
Pour moissonner un jour au champ de l'avenir
Heureuse Marguerite,
Crois donc à ton mérite :
Lorsque la foi nous vient, le talent va venir...

III.

AU POÈTE SOULARY, DE LYON

après la lecture de son volume de sonnets.

Ton livre est d'un Titan, ta préface est d'un nain
Qui, sous le haut portail de ton temple se carre...
Pour suivre l'aigle au ciel, le roitelet Janin
A voulu le couvrir de ses ailes d'Icare.

L'AME ET L'OISEAU.

L'AME.

Toi qui voles si près de la voûte éternelle
Et si loin de l'humanité,
Petit oiseau, prends-moi dans un pli de ton aile,
Emblême de la liberté.

L'OISEAU.

Qui donc es-tu? réponds. Es-tu ma Philomèle,
Timide amante de mon cœur?
Et dans les flots d'azur, sous la voûte éternelle,
Viens-tu m'apporter le bonheur?

L'AME.

Cette voûte azurée et pleine de mystère
Est le sol du royaume où je vivais jadis:
Mais un jour, Dieu, mon roi, m'exila sur la terre,
Dans un sublime élan de pitié pour ses fils.
De son divin regard enveloppant les mondes,
Il me dit: « Vois, le crime et la corruption
Souillent le cœur humain de leurs baisers immondes.
Portes-y la lumière et la rédemption. »
Toi qui voles si près de la voûte éternelle
Et si loin de l'humanité,

Petit oiseau, prends-moi dans un pli de ton aile,
Emblême de la liberté.

L'OISEAU.

Quoi! c'est pour accomplir cette mission sainte
Que ton roi t'exila des cieux;
Ingrate! et ta voix prend les accents de la plainte,
Et des larmes sont dans tes yeux!...

L'AME.

Hélas! sur cette terre où tout n'est que mensonge,
Haine, égoïsme, envie, orgueil et vanité,
Un jour, je m'éveillai comme au sortir d'un songe,
Rayonnante d'amour et d'immortalité;
Puis, jetant au hasard sur ce monde en démence,
Un regard encor plein de l'image de Dieu,
Je le vis sans amour, sans vertu, sans croyance,
J'eus peur et je voulus m'éloigner de ce lieu.
Toi qui voles si près de la voûte éternelle,
Et si loin de l'humanité,
Petit oiseau, prends-moi sous un pli de ton aile,
Emblême de la liberté.

L'OISEAU.

Ta voix est tour à tour effrayante et sublime,
Pauvre âme, est-il vrai qu'ici-bas,
L'homme, aveuglé, perdu dans le chemin du crime,
Creuse le néant sous ses pas?

L'AME.

Pour puiser ses plaisirs à la coupe du vice,
Je l'ai vu niant Dieu, l'âme et l'éternité,
Sourire en s'embrassant, comme un nouveau Narcisse,
Dans les ruisseaux fangeux de la perversité.
En vain, dans les transports d'une ardeur insensée,
J'ai crié : « Ton âme est le souffle du Seigneur;
Élève à son niveau ton cœur et ta pensée,
Dans le bien et le beau cherche le vrai bonheur. »
Toi qui voles si près de la voûte éternelle
Et si loin de l'humanité,
Petit oiseau prends-moi dans un pli de ton aile,
Emblême de la liberté.

L'OISEAU.

Tais-toi, tais-toi! je sens à ta voix affaiblie,
La pitié déchirer mon cœur,
Et Dieu pourrait, voyant ta tâche inaccomplie,
Nous frapper de son bras vengeur.

L'AME.

Dieu de pitié pardonne à ma triste impuissance;
Pour éclairer le monde il faudrait ton pouvoir!
Aux malheureux, trop tard, j'ai chanté l'espérance!
A tous en vain, mon Dieu, j'ai chanté le devoir.
En efforts impuissants j'ai déchiré mes ailes,
Pour féconder la terre où tu me vois gémir :

Dans les cieux, près de toi, vers mes sœurs immor-
telles
Je ne puis m'élancer et je me sens mourir.

L'OISEAU.

Oh! viens, viens... cache-toi, cache-toi sous mon aile,
Et partons dans l'immensité.

L'AME.

Seigneur, ouvre le ciel à ton âme fidèle,
Rends-moi, rends-moi l'éternité!

LOUISE BORNET.

ON EST HEUREUX QUAND ON SAIT L'ÊTRE.

Nous avons des gens ici-bas,
Telle est l'humaine créature,
Des gens que ne satisfait pas
Le bonheur qu'ils voient en peinture;
Ces gens ont pour tête un grelot.
Pourquoi donc ne pas se soumettre
Et se contenter de son lot?
On est heureux quand on sait l'être.

Quand la faim vous talonne un peu :
Lorsqu'on est assis dans sa chambre,
Les pieds sur des chenets sans feu,
Et qu'il fait chaud comme en décembre,
Ratatiné, jaune, maigri,
Si l'on ne peut se reconnaître,
A quoi bon se montrer aigri?
On est heureux quand on sait l'être.

Lorsque, sur la paille étendu,
A son réveil on voit l'aurore,
Pour son mortel individu
Que peut-on désirer encore?
Un matelas serait plus doux,
Nous voulons bien le reconnaître;
Mais, bah! cela dépend des goûts,
On est heureux quand on sait l'être.

L'homme riche, dans son château,
Goûte les douceurs de la vie,
Il n'arrose pas son pain d'eau ;
Mais on le hait, mais on l'envie;
Tandis que l'homme sans le sou
Peut dormir en paix sous un hêtre.
Donc, qui n'est pas heureux est fou,
On est heureux quand on sait l'être.

Enfin, le bonheur une fois
Se montre à tous; mais le plus sage
Sait à peine allonger les doigts
Pour le retenir au passage.
Ceux qu'on ne vit rien apporter
Le jour où le ciel les fit naître,
Ont-ils le droit de s'emporter?
On est heureux quand on sait l'être.

Anna BORNET

LE DERNIER RÊVE.

ROMANCE.

Air de *Musette*, de Henri MURGER.

Lorsque blanchi, courbé par l'âge,
Vos rêves ont fui sans retour,
Ne retournez pas au village
Où vous avez reçu le jour.

I.

Près de se clore à la lumière
Un jour mon regard s'est tourné
Vers le toit de l'humble chaumière
Où pour la douleur je suis né.
Lorsque blanchi etc.

II.

Le petit ruisseau qui serpente
N'a plus ses mêmes arbrisseaux;
La montagne sa douce pente,
Les rochers leurs mêmes échos...
Lorsque blanchi etc.

III.

La cloche de la vieille église
Ne jette plns dans l'air... hélas!
A travers sa toiture grise,
Que les sons funèbres du glas.
Lorsque blanchi etc.

IV.

Les forêts n'ont plus leur mystère,
On n'entend plus, comme autrefois,
Un hymne à l'amant de la terre
Dans les accents de chaque voix.
Lorsque blanchi etc.

V.

Nul des amis de votre enfance
Ne vient au devant de vos pas :
L'un repose au champ du silence,
L'autre ne vous reconnaît pas.
Lorsque blanchi etc.

VI.

Tout ce qu'alors, l'âme ravie,
Vous trouviez si pur et si beau,
Vous éloigne, hélas! de la vie
Et vous rapproche du tombeau!

Lorsque blanchi, courbé par l'âge,
Vos rêves ont fui sans retour,
Ne retournez pas au village
Où vous avez reçu le jour.

Marie BORNET.

LA FAUVETTE DU CALVAIRE.

Fabliau normand.

AUX AMIS DE M. M***, QUI ME CONSEILLAIENT DE LUI RENDRE VISITE POUR LE CONSOLER D'UN GRAND MALHEUR.

Oh! non, je n'irai pas, sous son toit solitaire,
Troubler ce juste en pleurs par le bruit de mes pas;
Car il est, voyez-vous, de grands deuils sur la terre,
Devant qui l'amitié doit prier et se taire :
Oh! non, je n'irai pas.

Lorsque de ses douleurs, le blond fils de Marie,
Mourant, réjouissait Sion et Samarie,
Hérode, Pilate et l'Enfer,
Son agonie émut d'une pitié profonde
Les anges dans le ciel, les femmes en ce monde,
Et les petits oiseaux dans l'air.

Et, sur le Golgotha noir de peuple infidèle,
Quand les vautours, à grand bruit d'aile,
Flairant la mort, volaient en rond,
Sortant d'un bois en fleurs au pied de la colline,
Une fauvette pèlerine
Pour consoler Jésus se posa sur son front.

Oubliant pour la Croix son doux nid sur la branche,
Elle chantait, pleurait et piétinait en vain,
Et de son bec pieux mordait l'épine blanche,
Vermeille, hélas! du sang divin;
Et l'ironique diadème
Pesait plus douloureux au front du moribond;
Et Jésus, souriant d'un sourire suprême,
Dit à la fauvette : A quoi bon?

A quoi bon te rougir aux blessures divines?
Aux clous du saint gibet à quoi bon t'écorcher?
Il est, petit oiseau, des maux et des épines
Que du front et du cœur on ne peut arracher.
La tempête qui m'environne
Jette au vent ta plume et ta voix,
Et ton stérile effort, au poids de ma couronne,
Sans même l'effeuiller, ajoute un nouveau poids.

La fauvette comprit, et, déployant son aile,
Au perchoir épineux déchiré à moitié,
Dans son nid, que berçait la branche maternelle,
Courut ensevelir ses chants et sa pitié.

Oh! non, je n'irai pas, sous ce toit solitaire
Troubler ce juste en pleurs par le bruit de mes pas;
Car il est, voyez-vous, de grands deuils sur la terre
Devant qui l'amitié doit prier et se taire;
Oh! non, je n'irai pas.

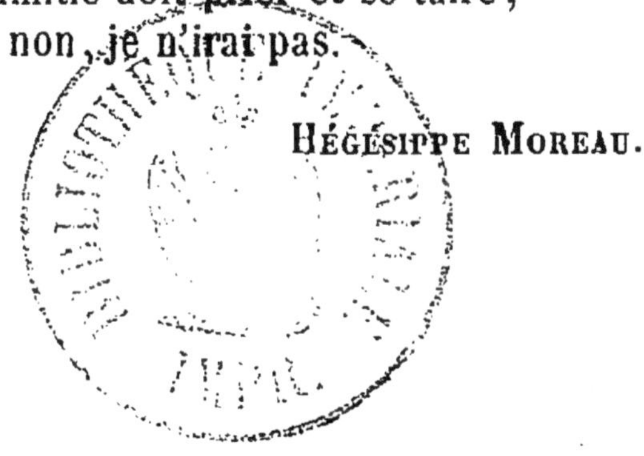

HÉGÉSIPPE MOREAU.

FIN.

TABLE DES MATIÈRES.

	Pages.
La Mission du Poëte	3
Un Drame dans une Forêt	9
Le Nid d'Oiseaux	13
Les deux Perles	18
L'Enfant perdu	21
Les Pauvres	25
Le Chat, l'Oiseau et le Chasseur	28
Fatalité	32
Les deux Mères	34
Les Enfants du Tisserand	36
Les deux Larrons et les deux Agneaux	40
Le Remords	47
Les Morts Vivants et les Vivants Morts	61
Improvisations	72
L'Ame et l'Oiseau	73
On est heureux quand on sait l'être	77
Le dernier Rêve	79
La Fauvette du Calvaire	81

www.ingramcontent.com/pod-product-compliance
Ingram Content Group UK Ltd.
Pitfield, Milton Keynes, MK11 3LW, UK
UKHW021123260726
13994UKWH00002B/972